獻給那些引導我走向碧雅翠絲的善良又堅定的女性：艾莉森‧詹姆斯、安‧杭特、曼蒂‧馬歇爾，還有琳達‧里爾。
也獻給全天下善良又堅定的女孩，尤其是黛娜、麗姬、麗莎、艾琳、妮歐蜜、茱莉亞‧蘿絲、艾薇蓋兒、莉拉、
塔莉亞、莉雅、諾雅、艾薇雅、爾麗，還有艾麗。

——琳達‧艾洛威茲‧馬歇爾

獻給所有每天啟發我把工作做得更棒的有創意、快樂又聰明的女孩。
獻給葛拉奇雅‧妮妲希歐——一位偉大的藝術家暨我的靈感來源。
也獻給碧雅翠絲‧波特，感謝她的勇氣，還有不可思議的天賦。

——伊拉莉亞‧烏比娜提

Thinking 065
守護鄉村：碧雅翠絲‧波特與彼得兔的故事
SAVING THE COUNTRYSIDE: THE STORY OF BEATRIX POTTER AND PETER RABBIT

作者｜琳達‧艾洛威茲‧馬歇爾 Linda Elovitz Marshall　繪者｜伊拉莉亞‧烏比娜提 Ilaria Urbinati　譯者｜黃筱茵

字畝文化創意有限公司
社　　長｜馮季眉
編輯總監｜周惠玲
責任編輯｜陳曉慈
編　　輯｜戴鈺娟、徐子茹
美術設計｜吳柔語

2021 年 4 月　初版一刷
定　　價｜350 元
書　　號｜XBTH0065
ISBN 978-986-5505-54-7

讀書共和國出版集團
社　　長｜郭重興
發行人兼出版總監｜曾大福
業務平臺總經理｜李雪麗
業務平臺副總經理｜李復民
實體通路協理｜林詩富
海外暨網路通路協理｜張鑫峰
特販通路協理｜陳綺瑩
印務經理｜黃禮賢
印務主任｜李孟儒

發行｜遠足文化事業股份有限公司
地址｜231 新北市新店區民權路108-2號9樓
電話｜(02)2218-1417
傳真｜(02)8667-1065
電子信箱｜service@bookrep.com.tw
網址｜www.bookrep.com.tw
法律顧問｜華洋法律事務所　蘇文生律師
印製｜中原造像股份有限公司

國家圖書館出版品預行編目(CIP)資料

守護鄉村：碧雅翠絲.波特與彼得兔的故事/琳達.艾洛威茲.馬歇爾(Linda Elovitz Marshall)
文；伊拉莉亞.烏比娜提(Ilaria Urbinati)圖；黃筱茵譯. -- 初版. -- 新北市：字畝文化出版：遠
足文化事業股份有限公司發行, 2021.04
　　面；27.9×21.6公分. -- (Thinking；65)
譯自：SAVING THE COUNTRYSIDE: THE STORY OF BEATRIX POTTER AND PETER
　　RABBIT
ISBN 978-986-5505-54-7(精裝)

874.599　　　　　　　　　　　　　　　　　　　　　　　　　　　　　109021822

# 守護鄉村

## 碧雅翠絲‧波特與彼得兔的故事

### SAVING THE COUNTRYSIDE
#### THE STORY OF BEATRIX POTTER AND PETER RABBIT

文/琳達‧艾洛威茲‧馬歇爾

圖/伊拉莉亞‧烏比娜提

譯/黃筱茵

在倫敦一間獨棟住宅三樓，一個年輕女孩正在速寫她的寵物兔——跳跳兔班傑明，以及她從陷阱裡救出來的青蛙、蠑螈、烏龜和老鼠。

女孩名叫碧雅翠絲·波特。
雖然住在城市裡，
可是，她熱愛自然與鄉村。

碧雅翠絲和弟弟伯特倫
由保母和女家庭教師負責照顧與教導。
姊弟倆不去上學， 也不和其他小孩一起玩。

每天， 他們都在固定的時間上課。
在固定的時間散步。

每天， 在固定時間，
他們的媽媽會去拜訪朋友，
爸爸會去社交俱樂部。

夏天來臨的時候， 也意味著……

自由！

碧雅翠絲和家人， 包括他們的寵物， 會一起移居鄉村。
她和伯特倫每天忙著撿雞蛋、 用湯匙餵小鴨子，
從母牛身上擠出新鮮牛奶。

碧雅翠絲很愛菜園， 菜園裡有萵苣、 豆子、 甘藍菜。
跳跳兔班傑明也很愛菜園！

可是， 夏天與鄉村的自由自在，
不會永遠持續下去。

某個秋天，伯特倫離家上學了。對於像他家這樣的社會階級的男孩來說，這是很適當的安排。碧雅翠絲則留在家。對女孩來說，這樣才適當。她不應該去旅行、不應該上大學，也不該去工作。

可是，碧雅翠絲想做重要的事，有意義的事。

碧雅翠絲經常陪同爸爸從事他喜愛的藝文活動。
他們會一起去拜訪藝術家的工作室，
一起去看展覽， 也一起去參觀美術館。

她向藝術家以及他們的作品學習。
她觀摩畫家如何精巧表現臉部各種表情的細節，
以及微小的變化。

碧雅翠絲得到不少啟發， 繼續練習速寫。

她用細膩精準的筆觸，
畫下跳跳兔班傑明。

畫他正面的樣子。

畫他側面的樣子。

甚至畫他站起來，
穿著花俏衣服的樣子。

雖然像她這樣的女性不應該有自己的事業，
但是碧雅翠絲還是把自己的圖稿寄給出版商看。

她還是想做重要的事，有意義的事。

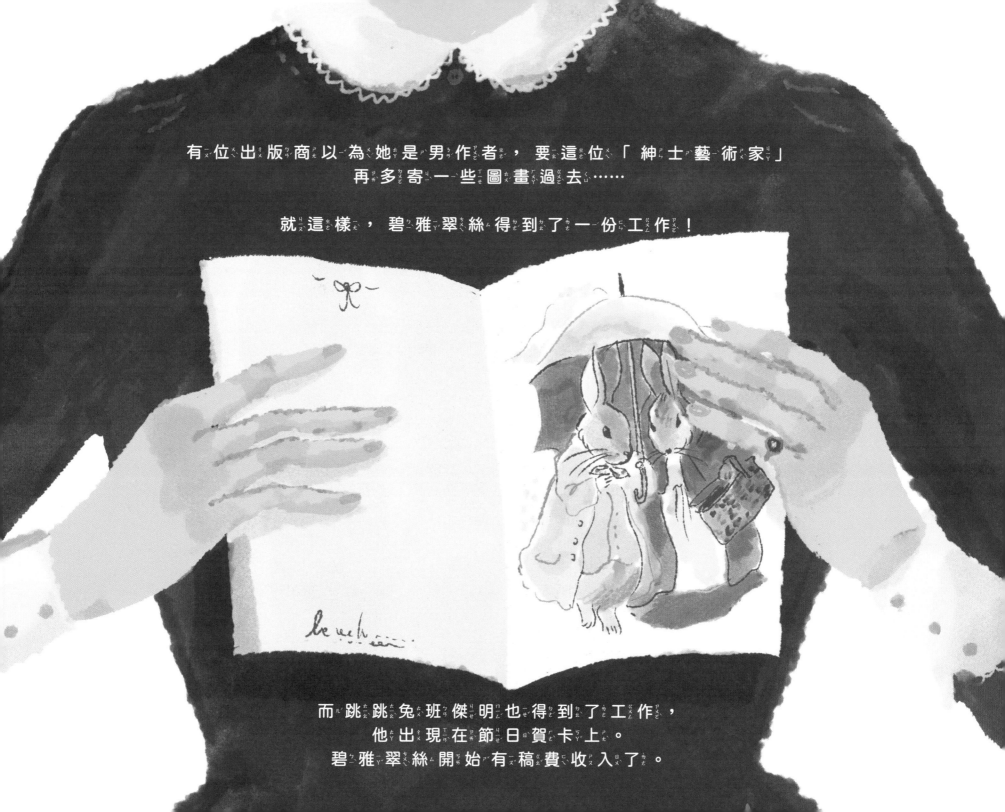

有位出版商以為她是男作者，要這位「紳士藝術家」
再多寄一些圖畫過去……

就這樣，碧雅翠絲得到了一份工作！

而跳跳兔班傑明也得到了工作，
他出現在節日賀卡上。
碧雅翠絲開始有稿費收入了。

碧雅翠絲也投注時間研究和描繪自然。
她用伯特倫的顯微鏡檢視蘑菇，
還把自己的發現寫成論文，
投稿到由林奈學會（專門研究生物分類學
的一個組織）出版的科學期刊。

可是主導學會的科學家全是男性，
不願意認真看待她的研究成果。

碧雅翠絲傷心又失望，
只好回頭繼續畫兔子。

有一天， 碧雅翠絲的一位忘年好朋友諾埃爾・摩爾身體不舒服。

為了讓好朋友開心， 碧雅翠絲寫了一個故事送他， 故事是關於一隻名叫彼得的頑皮小兔子， 偷吃愛生氣的麥老先生的萵苣， 差點就被逮到。

後來， 她把故事命名為《 彼得兔的故事》 ， 還製作成一本小書，書的尺寸正好適合小小的手。

大部分出版商對《彼得兔的故事》都沒興趣。
有一位出版商願意考慮，可是他考慮了好久好久，
久到碧雅翠絲等不下去。

於是，碧雅翠絲用她畫跳跳兔班傑明節日賀卡的稿費，
印製了兩百五十本《彼得兔的故事》。

她讓這些書上市販賣，
結果全部銷售一空！

她又印製了更多本。
再度全部賣光！

《彼得兔的故事》太成功了，
先前考慮中的那位出版商，
終於跟碧雅翠絲簽下合約。

她要求書的定價不能太高。
她希望每個人都負擔得起
這本美麗的小書。

碧雅翠絲繼續寫故事：
《格洛斯特的裁縫》、《佛洛普西小兔們的故事》、
《小兔班傑明的故事》……還有其他故事。
她總共寫了二十三本小書！

她為自己的故事繪製插畫，
畫了小房子和花園，
遙遠的山丘、鄉村、農場、湖泊、森林，
還有古老的石橋……
所有她愛的地方。

她也設計玩具、遊戲與茶具組，
還印上了彼得兔的圖畫。
她把彼得兔變成一個「人物」。

碧雅翠絲希望世界各地的人，
都知道彼得兔是她的創意。
為了保護她的創作，
她為自己的作品申請了專利。

碧雅翠絲‧波特， 一個沒人期待她能擁有自己事業的女性，
卻創造出重要的事物。
她所開創的事物影響深遠，
她成為一位傑出的女企業家。

很快的， 全世界的人都認識彼得兔，
也認識了碧雅翠絲‧波特。

可是，碧雅翠絲很想念鄉村生活。

因此，雖然未婚女性不該置產，
碧雅翠絲卻為自己買下一座農場！

她也買了乳牛和豬。
還有賀德威克羊，一種湖區特有的綿羊。

幾年後，碧雅翠絲買下第二座農場，並
與一位同樣喜愛鄉村生活的紳士結婚。

然而，碧雅翠絲的年紀愈來愈大，
她跟從前不一樣了。
她的手指愈來愈僵硬，
視力也漸漸衰退。

碧雅翠絲再也沒辦法像以前那樣，
用細膩精準的筆觸畫圖。

鄉村也改變了。
道路拓寬，鋪上柏油。
森林被賣掉，樹木被砍伐。
曾經是農地與田野的地方，紛紛蓋起房子。

碧雅翠絲以前熱愛的風景，
她筆下的農場、花園與小房子，
一點一滴……逐漸消失了。

鄉村愈來愈像城市了。

因此，碧雅翠絲把注意力轉向保護自然世界，
那個她和彼得兔深愛的世界。

她買下另一座農場……

再一座農場……
又一座農場。

她買下小房子與花園、農場和森林。
為了拯救啟發她創作的鄉村，
碧雅翠絲盡可能買下更多土地。

她也照顧動物與鄉民。
如果綿羊生病，而農夫沒辦法負擔獸醫的費用，
碧雅翠絲就會幫忙支付帳單，
拯救了許多綿羊。

如果感冒病毒肆虐，
鄉村家庭缺乏醫療照護，
碧雅翠絲就會幫忙請來訓練有素的護士，
留下來照顧病患，
還提供住宿與車輛。

最後，碧雅翠絲捐贈超過四千英畝的土地
和十五座農場，給「英國國民信託」組織，
讓這些土地受到保護與珍惜，永續存在。

直到今天，英國湖區的小房子、花園、
山丘、農場、湖泊和森林，
看起來仍然與彼得兔
跳進麥先生菜園時候的景色很像，
沒有什麼改變。

碧雅翠絲‧波特
做了很重要的事，
很有意義的事。

她讓數以百萬計的人，
尤其是孩子，
非常快樂。

在「故事好朋友」彼得兔的幫助下，
碧雅翠絲拯救了農場、動物，以及自然生態。

他們一起幫忙守護鄉村……
讓所有的生物都能享受
大自然的美好。

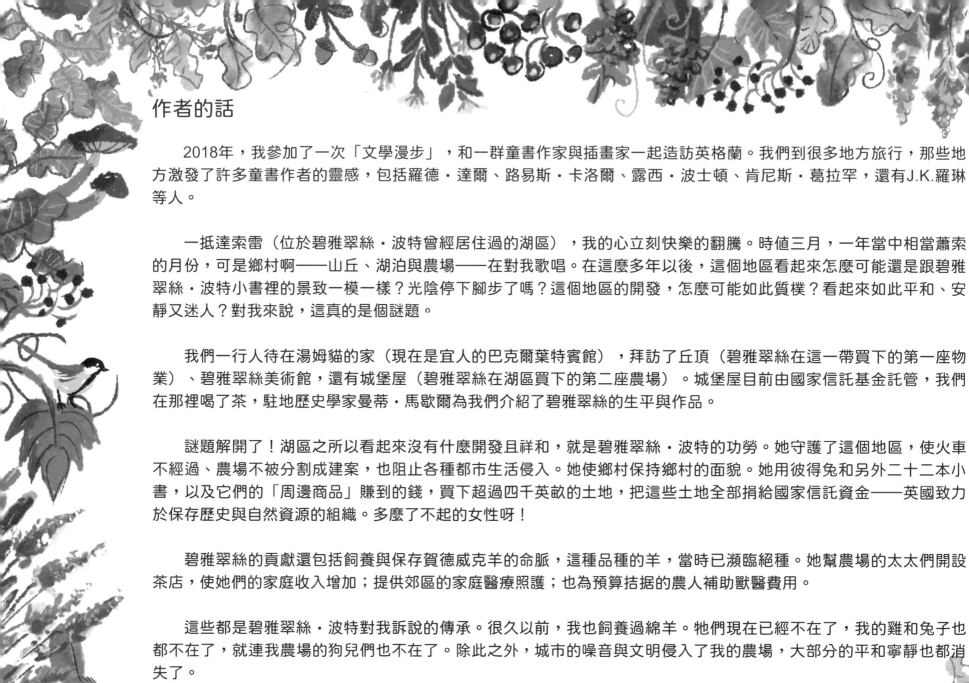

## 作者的話

2018年，我參加了一次「文學漫步」，和一群童書作家與插畫家一起造訪英格蘭。我們到很多地方旅行，那些地方激發了許多童書作者的靈感，包括羅德‧達爾、路易斯‧卡洛爾、露西‧波士頓、肯尼斯‧葛拉罕，還有J.K.羅琳等人。

一抵達索雷（位於碧雅翠絲‧波特曾經居住過的湖區），我的心立刻快樂的翻騰。時值三月，一年當中相當蕭索的月份，可是鄉村啊──山丘、湖泊與農場──在對我歌唱。在這麼多年以後，這個地區看起來怎麼可能還是跟碧雅翠絲‧波特小書裡的景致一模一樣？光陰停下腳步了嗎？這個地區的開發，怎麼可能如此質樸？看起來如此平和、安靜又迷人？對我來說，這真的是個謎題。

我們一行人待在湯姆貓的家（現在是宜人的巴克爾葉特賓館），拜訪了丘頂（碧雅翠絲在這一帶買下的第一座物業）、碧雅翠絲美術館，還有城堡屋（碧雅翠絲在湖區買下的第二座農場）。城堡屋目前由國家信託基金託管，我們在那裡喝了茶，駐地歷史學家曼蒂‧馬歇爾為我們介紹了碧雅翠絲的生平與作品。

謎題解開了！湖區之所以看起來沒有什麼開發且祥和，就是碧雅翠絲‧波特的功勞。她守護了這個地區，使火車不經過、農場不被分割成建案，也阻止各種都市生活侵入。她使鄉村保持鄉村的面貌。她用彼得兔和另外二十二本小書，以及它們的「周邊商品」賺到的錢，買下超過四千英畝的土地，把這些土地全部捐給國家信託資金──英國致力於保存歷史與自然資源的組織。多麼了不起的女性呀！

碧雅翠絲的貢獻還包括飼養與保存賀德威克羊的命脈，這種品種的羊，當時已瀕臨絕種。她幫農場的太太們開設茶店，使她們的家庭收入增加；提供郊區的家庭醫療照護；也為預算拮据的農人補助獸醫費用。

這些都是碧雅翠絲‧波特對我訴說的傳承。很久以前，我也飼養過綿羊。牠們現在已經不在了，我的雞和兔子也都不在了，就連我農場的狗兒們也不在了。除此之外，城市的噪音與文明侵入了我的農場，大部分的平和寧靜也都消失了。

不過，感謝碧雅翠絲‧波特、《彼得兔的故事》，還有許多協助保存開闊空間的人們，直到今天，寧靜的鄉村依舊存在，孩子們和小兔子們還是可以自由自在的跑過原野，嚼一根胡蘿蔔，吃兩根也沒問題唷。

# 讀後小記

文｜黃筱茵 (本書譯者)

　　碧雅翠絲‧波特早就是童書界大名鼎鼎的明星。她筆下恬靜的田園風光與個性鮮明、樣貌可愛的動物角色，自從來到這個世界後，便深深烙印在讀者心上。不過，除了創作出一系列動人心弦的故事以外，碧雅翠絲其實是英國湖區景致得以保存原貌的最大功臣。深愛這片土地的她，將自己的版稅收入及相關所得，都投入這個志業，一座農場接一座農場、一塊土地接一塊土地的買下湖區的產業，用漫長的創作生涯與時光，保全了這個地區完整的風貌。

　　《守護鄉村》這部作品，以觀察者的視角，娓娓道出碧雅翠絲意志堅定、讓人動容的生涯、付出與志業。故事呈現出碧雅翠絲身為女性，身處那個時代所受到的各種限制，同時也讓讀者清楚看見她為克服這種種困難所做的努力。這一則傳記故事，因此在多重意義上對她多所著墨：既是一位兒童文學作家的故事、一位女性的奮鬥故事、勵志故事，也是熱愛土地與大自然的環保志士終生奉獻的故事。

　　畫家的彩筆，柔美又深情的繪出碧雅翠絲勉力創作、流連在她摯愛大地間的身影，還有英國湖區優美如詩的風光。作品流淌著淡淡的詩意，看封面風吹葉落、碧雅翠絲坐在草原上速寫；或是寧靜的湖區，馬群與羊群映在水上的倒影，那躍動在空氣間的氣息啊，正是對生命與自然深刻的愛。